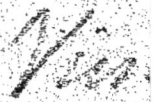

EMPLOI

DES QUARTS DE TON

DANS LE CHANT GRÉGORIEN

CONSTATÉ

SUR L'ANTIPHONAIRE DE MONTPELLIER

PAR

 **J. H. VINCENT**

MEMBRE DE L'INSTITUT.

(Extrait de la *Revue archéologique*, XIᵉ année)

PARIS

A. LELEUX, LIBRAIRE

ÉDITEUR DE LA REVUE ARCHÉOLOGIQUE

RUE DES POITEVINS, 11

1854

Pour rendre plus facile la vérification des citations de la *Revue* faites d'après les tirages à part, nous conserverons à l'avenir à ces extraits la pagination de notre *Recueil*.

(Note de l'Editeur.)

EMPLOI DES QUARTS DE TON

DANS LE CHANT GRÉGORIEN,

CONSTATÉ SUR L'ANTIPHONAIRE DE MONTPELLIER.

On sait que le fameux antiphonaire de Montpellier (1), découvert par M. Danjou en 1847, et copié par M. Th. Nisard en 1851 (Bibl. imp. ; suppl. lat. 1307), présente, sur les paroles liturgiques, deux sortes de notation musicale, l'une, alphabétique, attribuée à Boëce, et composée des lettres

a, b, c, d, e, f, g, h, i, k, l, m, n, o, p,

correspondant respectivement aux notes modernes

la, si, ut, ré, mi, fa, sol, la, si, ut, ré, mi, fa, sol, la,

l'autre, dite *neumatique*, composée de signes ou *neumes* indiquant, par groupes de sons, les mouvements d'ascension ou d'abaissement de la voix, sans déterminer toutefois (telle est du moins notre opinion) les intervalles à parcourir.

Outre les lettres alphabétiques de la notation boëtienne, on remarque, parmi celle-ci, certains *épisèmes* ou caractères supplémentaires, au nombre de six, ayant les formes suivantes :

/ ⊢ ⊣ Γ ⅂ ⌐

Voici ce que dit, à propos de ces épisèmes, le savant transcripteur du manuscrit (p. 21 de la copie; Bibl. imp., ms. cité), pour caractériser les modifications que la notation de Boëce a subies dans le monument qui nous occupe.

« *Première différence* : L'*i* droit (I) signifie le *si* naturel, et l'*i* couché (I) le *si bémol*. Le *si* naturel a souvent pour traduction alphabétique une espèce de gamma retourné (Γ). Dans le grave on trouve parfois *c* ⊢ *c*.

(1) Bibliothèque de l'École de médecine de cette ville, fonds de Bouhier, C. 54.—Cf. Le *Catalogue général des manuscrits des bibliothèques des départements* (Paris, 1849), n° 159.

« *Deuxième différence :* La note *mi* est représentée, tantôt par un *e*, tantôt par le signe ⊣ Ex. : *f* ⊣, *fe*. » Le savant archéologue eût dû ajouter ici : « Dans l'aigu on trouve parfois *n* ⊣ *n*. » C'est un pur oubli qu'il nous suffit d'indiquer.

« *Troisième différence :* Au lieu de la lettre *h* qui signifie la note *la*, le copiste emploie, dans plusieurs passages, le gamma (Γ). »

Je ne m'arrête point à la conséquence que M. Nisard tire de la présence de ce dernier signe au milieu de la notation boëtienne : ce signe n'est pas le même que le gamma de Guy d'Arezzo avec lequel on le confond ici ; et quant à ce dernier, j'ai fait voir ailleurs, que dans le fameux passage de cet auteur : *In primis ponatur* Γ *græcum a modernis adjunctum* (1), passage dont on a pris l'habitude de s'autoriser pour prétendre que le système latin était plus étendu que le système grec, j'ai fait voir, dis-je, que les modernes dont parle ici le moine de Pompose, sont antérieurs à Aristide Quintilien (2) dont il ne fait que copier les paroles ; seulement le gamma de Guy d'Arezzo est un *oméga* carré et couché dans Aristide.

Je reviens à nos épisèmes. D'abord l'*i* couché est le *si* bémol : personne ne le conteste. Quant aux autres, il résulterait des paroles de M. Nisard, que ces signes, homophones de *b, e, h, i, m*, ne seraient ainsi que des doubles emplois. Cela ne peut manquer de paraître fort singulier ; et d'ailleurs, pourquoi ces doubles emplois auraient-ils lieu exclusivement au-dessous des notes *tonales* (3) *ut, fa,* et au-dessous du *si bémol*, c'est-à-dire au grave des demi-tons de l'échelle? En d'autres termes, pourquoi les *si* des deux octaves, les deux *mi*, et le *la* du *médium*, au-dessous du *bémol*, seraient-ils les seuls degrés susceptibles de doublement? C'est là, il faut en convenir, une grave difficulté soulevée par l'assertion de M. Nisard. Heureusement, la solution n'en est pas bien éloignée ; et il y a tout lieu de s'étonner que le même auteur, lui qui est parvenu à pousser à peu près aussi loin qu'il était possible de le faire, l'intelligence des neumes, ne se soit pas aperçu que cette notation donne un démenti à son hypothèse, en même temps qu'elle fournit une explication claire et irrécusable de la difficulté.

---

(1) *Guid. Aret. microlog. de discipl. artis musicæ*, cap. II (M. Gerbert, *Scriptores eccl. de musica sacra*, t. II, p. 4, col. 1ᵃ, *in fine*).

(2) Voy. cet auteur, édition de Meybaum, p. 25, ligne 3 d'en bas.

(3) C'est uniquement en vue d'abréger que j'emploie cette dénomination pour désigner les notes qui, depuis, ont rempli l'office de clefs.

Il suffit pour cela de cette remarque fort simple : toutes les fois que la note considérée par M. Nisard comme duplicative du *mi* par exemple (⊣ ou ⌡), forme un groupe avec le *fa* (*f* ou *n*), ce groupe est représenté neumatiquement par un *podatus* (⍋) si l'épisème en est la première note, et par un *clinis* (⋏) si elle est la seconde (1). Donc l'épisème représente un degré de l'échelle plus grave que le *fa*. Au contraire, quand le même épisème forme un groupe avec le *mi* (*e* ou *m*), le groupe est représenté par un *clinis* si l'épisème est le premier des deux signes, et par un *podatus* si l'épisème est le second. Donc le même épisème est plus aigu que le *mi*.

Un exemple suffira pour nous faire comprendre : on trouve à la page 279 de la copie de M. Nisard (fol. 84, v. du manuscrit original, lig. 2), dans le répons *Tibi Domine*, au mot *adjutor*, les deux premières syllabes surmontées chacune du groupe binaire *e* ⊣, et ce groupe lui-même surmonté du *podatus* qui indique que le groupe est ascendant; donc ⊣ désigne une note plus aiguë que *e* ou *mi*. Quant à la dernière syllabe du mot, elle est surmontée du groupe ⊣*f*, et au-dessus de celui-ci se trouve également un *podatus;* donc ce dernier groupe est ascendant comme le premier. Donc le signe ⊣ indique un son plus grave que *f*. Donc ce son est compris entre *e* et *f*, c'est-à-dire entre *mi* et *fa*. Il est donc démontré que l'épisème partage le demi-ton *mi-fa* en deux parties : c'est là le point important; et ce point une fois admis, nous sommes suffisamment autorisés à conclure que ces deux parties sont des quarts de ton, conformément au genre enharmonique des Grecs.

La même conséquence est applicable aux autres intervalles de demi-ton, *mi-fa* à l'aigu, *si-ut* au grave et à l'aigu, *la-si* ♭ dans le *medium*.

La différence qui se trouve ici, c'est que le signe intercalé dans l'intervalle du demi-ton n'emporte pas dans le système grégorien, comme il le faisait dans la théorie grecque, la suppression du degré supérieur, c'est-à-dire du *ré*, du *sol*, ou de l'*ut*. On n'aura pas manqué, en effet, de remarquer que la restriction imposée au nombre des cordes, lequel ne pouvait pas dépasser quatre dans la consonance nommée *quarte* à cause de cela même, était plutôt artificielle que fondée sur la nature.

(1) Le *podatus* caractérise tout groupe ascendant de deux notes successives sur la même syllabe, et le *clinis* tout groupe descendant analogue.

A peine est-il nécessaire, après ce qui précède, d'insister sur la différence essentielle qui existe entre ces petits intervalles de quart de ton dont nous venons de signaler l'existence dans le chant grégorien, et les effets du *port de voix* ou de ce que l'on nomme la *plique;* ce dernier ornement est appliqué à tous les degrés, et représenté constamment par un même signe (1) placé hors de la ligne d'écriture et au-dessus de la note qu'il affecte, tandis que le quart de ton est représenté par un signe particulier pour chaque place, et rangé sur la ligne d'écriture parmi la notation alphabétique. On ne peut donc douter que ce dernier signe ne représente en effet un degré d'intonation fixe et déterminé.

Le fait que je viens de signaler, tout inattendu qu'il soit et entièrement contraire aux idées universellement admises aujourd'hui sur la constitution du plainchant, est loin cependant d'être en opposition avec la théorie fondamentale et les vraies traditions de ce chant, comme on pourrait le penser au premier abord. Des textes sur lesquels l'attention des érudits ne s'était point arrêtée, l'expliquent complétement. Voici, en particulier, ce que dit Marchetto de Padoue, auteur du XIIIᵉ siècle, aux chapitres v, vi et vii de son *Lucidarium musicæ planæ* (2). « (Toni) quinta pars vocatur diesis, « quasi decisio seu divisio summa, hoc est major divisio quæ pos- « sit in tono cantabili reperiri (3).... Semitonium minus seu enar- « monicum est, quod continet duas dieses (4) [quod a Platone « vocatum est limma (5)] quo quidem utimur in plano cantu : dia- « tonicum vero tres continet dieses [quod vocatur apotome ma- « jor (6)], quo quidem non utimur in cantu plano (7).... Ex enar- « monico et diesi consurgit diatonicum, ex diatonico et diesi « chromaticum, ex chromatico et diesi tonus. Continet itaque « enarmonicum duas dieses, diatonicum tres, chromaticum qua- « tuor, tonus vero ex quinque diesibus est formatus (8). »

(1) J'ai fait abstraction ici des signes de ces divers ornements sur la signification précise desquels il peut y avoir encore quelques incertitudes. J'en dis autant des valeurs temporaires que les neumes pourraient virtuellement signifier.

(2) M. Gerbert, *Scriptores eccles.*, t. III, p. 73 et 74. Cf. *Guid. Aret. microlog.*, cap. x (*ibid.*, p. 11, col. 1ʳᵉ). Ce rapprochement a frappé immédiatement le R. P. Lambillotte à qui je faisais part de l'observation qui fait l'objet de cet écrit.

(3) Page 73, col. 2, ligne 8.

(4) Page 74, col. 1ʳᵉ, ligne 10.

(5) Page 73, col. 2, ligne 14.

(6) *Ibid.*, ligne 17.

(7) Page 74, col. 1ʳᵉ, ligne 14.

(8) *Ibid.*, col. 2, ligne 10.

Ces passages sont très-clairs. Dans le chant grégorien comme dans le genre diatonique ditonié de Ptolémée, et, en remontant plus haut, dans le diatonique de Platon et de Pythagore, il n'y a que des tons majeurs ; le *limma*, excès de la quarte sur deux tons entiers, étant moindre qu'un demi-ton, Marchetto partage le ton en cinq parties nommées *diésis*, dont deux sont données au limma et *trois* à l'apotome restant. (Ce dernier intervalle n'est pas employé dans le plainchant parce qu'il ne se trouve qu'entre le *si bémol* et le *si naturel*, deux notes dont la succession immédiate est interdite.) Mais évaluer le limma à deux cinquièmes de ton seulement, c'est lui attribuer une valeur trop faible : car en prenant le soixantième d'octave ou comma décimal pour unité (1), on a pour la valeur du ton majeur ou grégorien, 10,1955, dont les deux cinquièmes donnent seulement 4,0782, tandis que le limma vaut réellement (*ibidem*) 4,5112 ; différence en moins, 0,433, c'est-à-dire près d'un demicomma.

Dans le tempérament égal qui est aujourd'hui généralement admis, même pour le plainchant quand il est harmonisé, le limma devenant un demi-ton exact, le diésis de Marchetto devient par là même un quart de ton. Au surplus, la différence entre la moitié du limma et le quart de ton moyen est entièrement insensible dans la mélodie, puisque dans la même hypothèse que ci-dessus, on a pour la moitié du limma, le nombre 2,2556, qui ne diffère de 2,5, c'est-à-dire du quart de ton moyen, que de 0,2444, ou moins d'un quart du même comma. On peut donc sans erreur appréciable considérer comme de véritables quarts de ton les diésis définis par Marchetto de Padoue, et très-certainement indiqués par les épisèmes du manuscrit de Montpellier. Ainsi, loin de considérer le quart de ton comme un intervalle trop petit pour être jugé admissible dans le chant grégorien, il faudrait même, dans ce chant rigoureusement exécuté, diminuer encore cet intervalle d'une petite quantité s'il était possible.

Voyons maintenant le rôle que ces degrés d'intonation jouent dans la mélodie, et la manière dont ils y sont traités. A cet égard, on peut réduire leur emploi à cinq ou six modes principaux.

1° Dans le premier mode ou le plus simple, la note diésée ou représentée par l'épisème, soit simple, soit redoublée, est précédée

(1) Voy. ma *Table de logarithmes acoustiques*, dans les *Notices et Extraits des manuscrits* (t. XVI, IIe partie, p. 400).

et suivie de la note *tonale* (1) correspondante, c'est-à-dire de la note supérieure, *ut*, *fa*, ou *si b* : comme dans le mot

   fgf⌐ fff ded (p. 138, fol. 17, r°, lig. 6 du ms. original),
   me- us

ou dans le mot

   klmn ⌐ ⌐non (p. 152, fol. 24, r°, lig. 4 en mont.),
   no- mi- ni

ce qu'il faut traduire de la manière suivante, en désignant l'élévation d'un quart de ton par le signe + placé au-dessus de la note ainsi diésée :

ou encore dans ce répons (2) (p. 278, fol. 84 r°, lig. 2) :

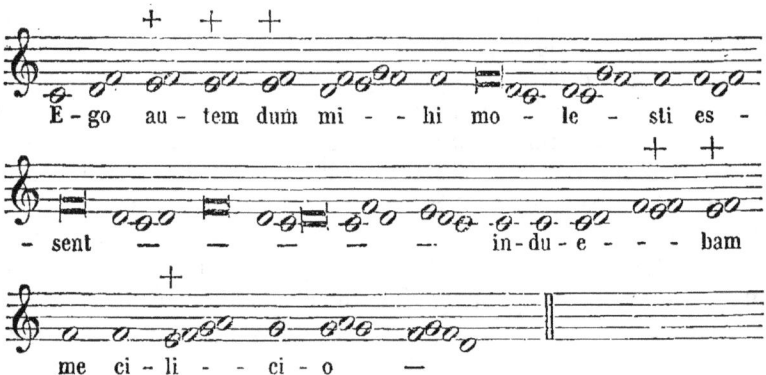

ce mode est le plus fréquent.

 2° Dans le second mode, le plus fréquent après le premier, la note diésée est précédée ou suivie de la note tonale, et suivie ou précé-

---

(1) Cet emploi du quart de ton suivant les divers modes indiqués, semble bien accuser le rôle d'une note sensible; et l'on croirait volontiers voir poindre ici un pressentiment de la tonalité moderne.

(2) Dans ce qui suit, je ne donnerai plus que la traduction en notation moderne, attendu qu'avec celle-ci, on peut sans aucune peine reproduire la notation alphabétique.

dée de la note inférieure, c'est-à-dire qu'elle se trouve réellement placée de manière à partager le demi-ton en deux parties.

Exemple en montant :

ter - - - ra

(page 349, fol. 118 r°, l. d.).

Exemple en descendant :

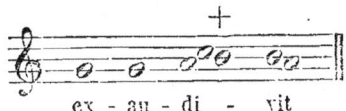

ex - au - di - vit

(page 362, fol. 124 r°, l. 2).

Ce second mode mérite surtout attention, par la raison que, si le premier seul était employé, on pourrait supposer que la distance de la note diésée à la note tonale ne diffère du demi-ton que d'une quantité dont on peut se dispenser de tenir compte; mais dans le cas actuel, comme l'intervalle du *mi* au *fa* ou du *si* à l'*ut* est exactement égal au limma ou au demi-ton enharmonique, si l'on prétendait que l'un des deux intervalles partiels est plus grand que la moitié du limma, il s'ensuivrait que *l'autre serait plus petit* de la même quantité, *ce qui est impossible*, puisque, suivant Marchetto de Padoue, *le diésis est le plus petit intervalle chantable.*

3° Vient ensuite le cas où la note diésée se trouve entre la note tonale supérieure et la tierce mineure inférieure à celle-ci. Exemple en montant, sur les syllabes *do lo,*

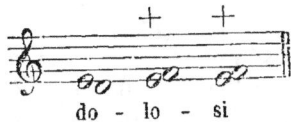

do - lo - si

(page 360, fol. 123 r°, l. 6);

en descendant, sur les syllabes finales des deux mots *misericordia mea* (page 335, fol. 114 r°, l. 7) :

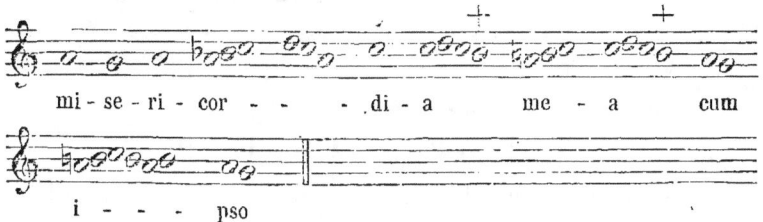

mi - se - ri - cor - - - di - a   me - a   cum

i - - - - pso

4° La note diésée se trouve entre la note tonale et la seconde supérieure à celle-ci.

Exemple en montant :

 (page 187, fol. 39 v°, l. 4).

Exemple en descendant :

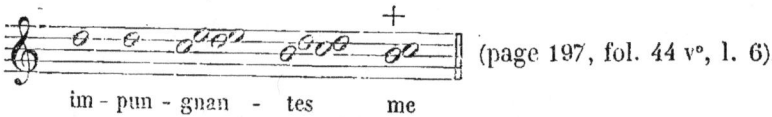 (page 197, fol. 44 v°, l. 6).

5° La note diésée est précédée et suivie de la même note non diésée, comme dans cet exemple, sur la syllabe *go* :

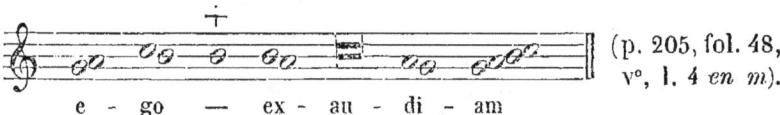 (p. 205, fol. 48, v°, l. 4 *en m*).

6° Enfin la note diésée peut se trouver au commencement du chant, suivie de la note tonale, comme dans

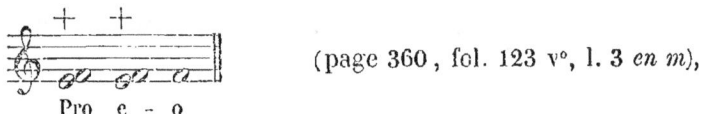 (page 360, fol. 123 v°, l. 3 *en m*),

ou dans ce verset, qui contient un autre exemple du premier mode d'emploi de la note diésée, sur la dernière syllabe du mot *peccatoris* et les deuxième et troisième syllabes du mot *dolosi*, comme on l'a vu plus haut.

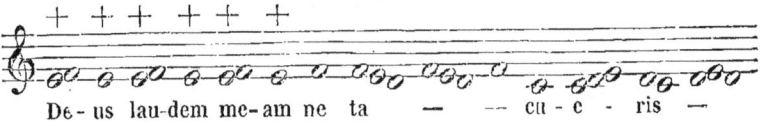

quia os peccatoris dolosi super me apertum est.

(Page 360, fol. 123 r°, l. 4.)

Ce sixième cas peut être considéré comme rentrant dans le premier.

Je passe sous silence un cas apparent où la note diésée se trouve-
rait comprise entre la même note non diésée et le degré inférieur,
comme il semblerait que cela eût lieu à la première syllabe du mot
utinam (p. 203, fol. 47, v°, l. 3 *en m*). Le podatus qui surmonte
cette syllabe indique une erreur commise par le copiste qui a dû
écrire un *h* au lieu d'un *k*. D'où il résulte que ce passage, rentrant
dans le second cas, doit être lu ainsi :

Tu mandasti

mandata tua custodire   ni - mis :   u - ti - nam di - ri - gan-tur

Cet exemple montre, pour le dire en passant, comment les neumes peuvent servir à contrôler la notation alphabétique, bien qu'ils
soient *insuffisants pour la reproduire*, par la raison que j'ai donnée
en commençant.

Cette insuffisance des neumes, que j'ai soutenue il y a longtemps
déjà, acquiert un nouveau degré d'évidence aujourd'hui qu'il s'agi-
rait d'établir comment la notation neumatique distingue, non-seule-
ment la tierce, la quarte, le ton et le demi-ton, mais encore le
quart de ton. Aussi chercherait-on bien vainement à reconnaître
l'indication de ce dernier intervalle dans la notation neumatique
placée au-dessus de la notation alphabétique. C'est un détail auquel
la portée même ne suffit pas : à plus forte raison est-il impossible
d'y arriver avec des neumes, à moins de leur supposer des dimen-
sions gigantesques, calculées graphiquement avec la précision d'une
carte marine, et sous la condition de les lire à l'aide d'une échelle
micrométrique. Des manuscrits exécutés avec cette perfection ont-
ils existé? en existe-t-il encore? Si l'on ne peut en indiquer un
seul, mes conclusions subsistent pour les manuscrits aujourd'hui
connus; quant aux manuscrits *possibles*, je ne nie point la supério-
rité de la théorie opposée (1) : c'est une superbe utopie que je

(1) Dans mon *Examen de l'Histoire de l'harmonie au moyen âge* par M. De Coussemaker, j'avais demandé au savant auteur de l'*Essai sur les neumes* où il avait
pris la clef de la phrase musicale qu'il traduit à la page 12 de cet écrit. Je n'aurai
pas la cruauté de lui demander aujourd'hui pourquoi, dans son article de la *Bibliothèque de l'École des chartes* (t. V, Ire livr., p. 90), il n'a pas répondu à ma
question. Je ne puis toutefois me dispenser de faire remarquer au lecteur, qu'elle
a bien son importance, puisqu'il ne s'agit de rien moins que de tirer des mêmes
neumes, supposés correctement écrits et correctement lus, au lieu d'un chant du

proposerais volontiers pour base d'une réforme de l'écriture actuelle....

Il faudrait maintenant faire voir par des exemples pris dans le manuscrit de Montpellier, toute la richesse d'expression que le chant, le récitatif, ou la déclamation, comme on voudra l'appeler, emprunte à ces intervalles maintenant inusités. Le peu d'exemples que nous avons cités ne peut que la laisser entrevoir à peine; mais les développements qu'exigerait l'importance de la question nous entraîneraient beaucoup trop loin. Pour la traiter convenablement et d'une manière fructueuse, il faudrait pouvoir mettre sous les yeux des lecteurs le manuscrit entier, ou du moins la notation alphabétique. Nous faisons des vœux ardents pour que la publication en soit faite prochainement: car nulle restauration du chant grégorien ne nous paraît pouvoir être sérieusement tentée, tant que l'on n'aura pas étudié à fond le précieux document dont il s'agit. En attendant, et toute réserve faite en faveur des droits de l'art moderne, nous ne pouvons que répéter au sujet de l'antiphonaire de Montpellier, ce que notre savant ami, M. De Coussemaker, dit si bien (p. 124 de son bel ouvrage), au sujet du traité de Jérôme de Moravie : « Quand il sera connu dans toute son étendue, alors seulement on pourra avoir une idée des immenses ressources d'exécution dont le plainchant disposait au moyen âge pour émouvoir ses auditeurs et faire pénétrer dans leur cœur les sentiments les plus nobles et les plus élevés. — Quand on se transporte un instant par l'idée au temps où tout cela existait dans tout son éclat, l'imagination reste éblouie du degré de grandeur, de noblesse et de sublime auquel avait atteint cet art véritablement divin. »

P. S. — Il n'y a point de traces du demi-ton chromatique dans le manuscrit de Montpellier, parce qu'en général cet intervalle est exclu du plainchant, plus sévèrement encore s'il est possible, que

cinquième mode par exemple, un chant du premier mode, ou du quatrième, ou de tout autre. Une dernière observation : elle est relative au *pressus*. De ce que dans le manuscrit de Montpellier on le trouve appliqué *une fois seulement sur trente*, à d'autres notes qu'à l'*ut* et au *fa*, ce n'est pas là une raison pour taxer le manuscrit d'erreur en ce trentième endroit : d'abord, l'erreur sur un *pressus* est d'autant plus improbable que la lettre étant répétée deux, trois et jusqu'à huit ou neuf fois, le copiste aurait tout le temps de se reconnaître. En second lieu, admettant l'erreur, on doit examiner alors si la contexture du chant exige ou permet une correction, et en quoi cette correction consisterait. L'auteur aurait pu, je veux dire qu'il aurait dû montrer, au moins sur un des exemples que j'ai cités, la nécessité et la manière d'exécuter cette opération.

le demi-ton diatonique ; quant à la musique mesurée, voici en deux
mots la doctrine de Marchetto de Padoue :

« Le demi-ton chromatique se fait, dit-il (p. 74), lorsque l'on partage le ton en deux parties dans la vue de *colorer* quelque disso-
nance, c'est-à-dire la *tierce*, la *sixte*, la *dixième*, dans son mouve-
ment vers une consonance : car la première partie du ton ainsi
divisé, lorsque cela se fait en montant, est la plus grande et se
nomme *chroma* (1), et la partie restante se nomme *diésis*. »

« En descendant, continue l'auteur (p. 75), ce partage du ton est
moins approprié aux dissonances qui tendent vers les consonan-
ces ; et alors il doit se faire *avec une couleur fictive, cum colore ficti-
tio*, de telle manière que celui qui l'exécute, *feigne* dans la première descente qui est d'un diésis, comme s'il voulait ensuite
retourner en haut ; ensuite il descendra d'un chroma, d'où s'en-
suivra la consonance, quoique d'une manière moins naturelle et
moins appropriée. »

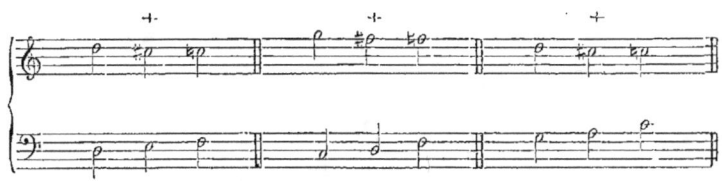

A. J. H. Vincent, membre de l'Institut.

(1) On se rappelle (voy. plus haut, p. 365) que cet intervalle est évalué par l'auteur à quatre diésis ou quatre cinquièmes de ton, mais qu'en réalité il est beaucoup plus près de trois quarts de ton.

L'élévation accidentelle de quelque note du chant, dont il est ici question, est
ce que Guy d'Arezzo (*l. cit.*) nomme *subductio*.

Ch. Lahure, imprimeur du Sénat et de la Cour de Cassation
(ancienne maison Crapelet), rue de Vaugirard, 9.

LIBRAIRIE DE A. LELEUX,
à Paris, rue des Poitevins, n° 11.

DESCRIPTION MÉTHODIQUE

DU

MUSÉE CÉRAMIQUE

DE LA MANUFACTURE DE PORCELAINE

DE SÈVRES,

PAR MM. BRONGNIART ET RIOCREUX

Un vol. in-4 de texte et un atlas de 80 planches dont 67 coloriées au pinceau avec le plus grand soin, et offrant plus de 800 spécimens de formes et de décorations de poteries anciennes et modernes de tous les peuples.

Prix des deux Volumes. 120 francs.

Ce musée fondé il y a environ quarante ans par M. Alex. Brongniart s'est accru peu à peu, et, grâce au zèle et au désintéressement des savants, des voyageurs, des fabricants nationaux et étrangers et de nos agents diplomatiques, il offre, dans une classification méthodique, à l'étude des fabricants, des artistes et des archéologues, la collection la plus complète et la plus variée des produits céramiques de tous les peuples, depuis les temps les plus reculés jusqu'à nos jours. On peut voir d'un seul coup d'œil, en parcourant les nombreux objets de comparaison que renferme cette belle publication, l'histoire, à différentes époques, de ce qu'on appelle le *goût dans les arts*.

Le texte est terminé par 26 tableaux renfermant environ 300 dessins de monogrammes, marques, etc., de fabricants et d'artistes français et étrangers; de marques de la manufacture de Sèvres depuis l'année 1753.

DOCUMENTS ET GLOSSAIRE, 2ᵉ partie de la Notice des émaux bijoux et objets divers, exposés dans les galeries du Musée du Louvre, par M. DE LABORDE. 1 vol. petit in-8. Prix................ 2 fr.

DICTIONNAIRE ICONOGRAPHIQUE

DES

MONUMENTS DE L'ANTIQUITÉ CHRÉTIENNE

ET DU MOYEN AGE,

PAR L. J. GUÉNEBAULT.

2 vol. grand in-8, imprimés à 2 colonnes sur papier collé.

Prix : 20 francs.

Le *Dictionnaire iconographique* est un répertoire ou indicateur au moyen duquel on peut savoir dans quels lieux et quels ouvrages se trouvent la représentation et la description de tel monument exécuté en Europe pendant le moyen âge, c'est-à-dire depuis le ıv^e siècle de notre ère jusqu'au xvı^e inclusivement. On y trouve classé par ordre alphabétique tout ce que les manuscrits, les livres à planches gravées ou lithographiées publiés jusqu'à ce jour dans tous les pays de l'Europe, renferment de monuments religieux, civils et militaires, depuis la cathédrale et le château féodal, jusqu'à l'humble reliquaire de la chapelle ; depuis la pourpre royale jusqu'à la bure monastique; peintures, miniatures, meubles, armures, vases, ustensiles, costumes, armoiries, sceaux de personnages et de communes, attributs des saints, représentations des cérémonies religieuses, civiles et militaires des divers peuples de l'Europe, enfin, tout ce qu'a produit la civilisation au moyen âge. Cette publication se recommande aux architectes, aux peintres, aux sculpteurs, aux dessinateurs, aux antiquaires, aux archéologues, pour la promptitude avec laquelle ils peuvent avoir, à l'aide de ce *Dictionnaire*, tous les renseignements utiles à leurs travaux.

Ch. Lahure , imprimeur du Sénat et de la Cour de Cassation
(ancienne maison Crapelet), rue de Vaugirard, 9.